U0105299

# 立锥

## LI ZHUI

杨碧薇 著

我的船快要来了

内蒙古人民出版社

图书在版编目（CIP）数据

立锥/杨碧薇著. —呼和浩特：内蒙古人民出版社，
2023.9

ISBN 978-7-204-17676-2

Ⅰ. ①立… Ⅱ. ①杨… Ⅲ. ①诗集–中国–当代

Ⅳ. ①I227

中国国家版本馆 CIP 数据核字（2023）第 130244 号

扫码 微信扫码
·欣赏诗电影
·写下读诗感悟
·参与朗诵大会
·一起品诗写诗

## 立　锥

| 作　　者 | 杨碧薇 |
|---|---|
| 策划编辑 | 王　静　董丽娟 |
| 责任编辑 | 董丽娟 |
| 封面设计 | 格恩陶丽 |
| 封面摄影 | 林东林 |
| 出版发行 | 内蒙古人民出版社 |
| 地　　址 | 呼和浩特市新城区中山东路 8 号波士名人国际 B 座 5 层 |
| 网　　址 | http://www.impph.cn |
| 印　　刷 | 内蒙古爱信达教育印务有限责任公司 |
| 开　　本 | 889mm×1194mm　1/32 |
| 印　　张 | 6 |
| 字　　数 | 256 千 |
| 版　　次 | 2023 年 9 月第 1 版 |
| 印　　次 | 2023 年 9 月第 1 次印刷 |
| 书　　号 | ISBN 978-7-204-17676-2 |
| 定　　价 | 20.00 元 |

如出现印装质量问题，请与我社联系。

联系电话：（0471）3946120

# 目录

# 幸与诗人同乡

颜炼军

　　碧薇与我是同门，都是敬文东老师的学生。我是敬门大师兄，我毕业离京后，她才"入门"，其时她已是颇有名气的青年女诗人。我们还是云南老乡，相较其他许多省份，在外晃荡不归的云南人似乎少点儿，我很少遇到同乡，跟碧薇也因此分外亲切。敬老师引领有方，敬门弟子关系都很亲密。当然，在写作喜好和学术激情上，敬老师擅长因材施教，大家于是也有某种自觉的"疏离"，都想在生活、学业和写作中磨砺出真正的自己。或许由于心里有这借口，在相当一段时间里，我没怎么认真读碧薇的诗。

　　几年前有一次打开她的朋友圈，被一首名为《成都东站站台》的诗击中了，我觉得这是碧薇最好的诗作之一：

　　　　一瞬间，我以为前面的老人是祖父

　　　　仍戴着那顶毛呢贝雷帽

　　　　仍是整洁的蓝衣，在站台多边形的阴影里

　　　　衣袂翻飞着持重的深秋不认可的飘逸

　　　　啊，爷爷。我在心里喊

为什么多年以后，凭借他人的背影

我才真正地认出了你

像认出合唱队中唯一一个闭紧嘴唇的人

当镀金的旋律响彻宇宙，你喉咙里的海啸

挤成两道狭长的空气游出鼻孔

你从后院取下了晾晒的锦缎，梅树上白雪乱跌

那个老人没有转身

爷爷，他握住行李袋的手和你一样

握紧的还有全球升温后，困兽心中

不可逆的怀疑

我也不愿转身，怕看见自己走过的路

都被复制成你熟悉的影像

怕回到灿烂冬日，我们是并排坐在

枯梅枝上的兄弟

2018-12-28 陕西西安

　　我当即给碧薇发信息，表达了对这首诗的喜爱，还把这首诗带到接下来一周的本科课堂上。被此诗打动，首先是因它唤醒了我自己的隐秘记忆。我也曾有一位优雅自律的祖父——一位技艺精湛的木匠（我跟碧薇讲，读了她这首诗，也想找机会写写我的祖父）。尤其读到这句时，我非常感动："啊，爷爷。我在心里喊/为什么多年以后，凭借他人的背影/我才真正地认出了你。"诗里包含一种隐秘而普遍的当代旅途经验：在陌

生人群里，恍惚遇见熟悉的、亲爱的故人。高铁站台是当代中国都市典型的旅人集散地；火车碾压轨道摩擦出的"镀金的旋律"，是当代生活技术化、速度化的象征；全球升温是神秘而令人绝望的人类宿命；在三者构成的茫茫人海和杳渺世界中，被一个长得像祖父的陌生人吸引，世界霎时间停摆，往昔的"锦缎""白雪""枯梅"再现，似乎消除了站台的"多边形的阴影"。

碧薇当时回信说，想听我细说下我喜爱这首诗的原因。以上算是一个迟到的回复。诗中显示出来的对回环交叠的时空的捕捉能力，其实是碧薇写作最擅长的本领之一，屡试不爽。在这本集子中的许多作品里，作者痴心命名浮游于世的明灭感，更兴奋于发现行旅中隐蔽的熟悉和友好。具体到诗歌的编织，她常采取的策略是：虚构甚至变身为抒情主体，寄灵（灵感）于所遇之物、所思之象，来进行诗行的铺陈建筑。比如《在吉县看壶口瀑布》《开平碉楼里的女人像》《交河来信》等，或凝神刹那的悸动与感怀，或聚焦时光停驻的细微标记。对一个日趋成熟的诗人而言，这种"凝神""聚焦"的练习，也是拓展诗歌表现力的方式："整个大陆，不过是小灵魂的茫茫异乡/此时我体内，太平洋的汐流正在为暮色扩充体量。"（《傍晚乘车从文昌回海口》）岛屿和大陆的关系，堪称诗性与日常关系的隐喻。诗人正是在此类技法变幻里，含纳"异乡"和"汐流"，应对灵魂的茫然与旅途的暮色。

如何理解当代诗人行吟的美感？在碧薇的诗里，读者能深切感受到，诗歌天然就是不同经验、不同物象、不同语言的碰撞和融合。无论迷醉或警醒，诗歌所现，都是习焉不察、熟视无睹的反面。由于这种"好奇"和"诧异"的本质，诗歌自古多与旅行相关。古希腊伟大的《荷马史诗》，写的是远征和回家的漫漫长途，传说中的作者荷马就是一位行吟诗人。从中国的屈原、李白、杜甫到欧洲的奥维德、但丁等大诗人，他们的伟大诗篇多关乎羁旅愁思和陌生世界。去过许多地方，才能体会到人世渺茫和情谊珍贵，才会有乡愁。诗歌因此把不确定的命运、未知的世界化为慰藉心灵的语言结晶。古人的旅行是缓慢的，当代人在地球表面的快速移动，对信息世界的依赖，让旅行发生了本质变化。诗歌不但要面对偶然的命运和未知的世界，还要面对液态化和技术化的人世。在这部诗集的大部分作品里，我们既看到"天南地北"的主题，也看到了最后的定稿之地：昭通、西安、海口或北京等。相较之下，古典诗的行吟更即兴，充满社交功能和"当地"气质，更饱含"浮生"经验的魅力。而碧薇式的当代诗人行吟写作，则更多显现为追忆和反思，许多即兴经验与随心目击可能就被过滤掉了。但在碧薇看似有规划的追忆、反思的诗歌构造里，也有某种个性化的"回甜"。比如，作为音乐热爱者，碧薇诗里的"回甜"，常常弥漫于一些音乐感特别好的片段："它知道青翠的就要恣肆，雪白的就要无邪/湖有了桥才生顾盼，荷塘还需配点淡香/当然喽，椰子应有椰子的窈窕/榕树亦有榕树的正道。"（《大补山村印象》）这种狂欢感十足的句子，有着迷人的巫气和天真。类似气质的还有《桃花源》这样的诗，令人印象深刻。这样的部分，很可能是当代行吟诗写作的迷人所在，是与当代生活枯燥对立的美好愿景，也应该是碧薇写作中本色的气质。

碧薇诗里不少地方，有独特的文化地理意识。的确，碧薇对大江南北有许多观察和体悟，这似乎和她出身在昭通这样一个多民族聚居的西南地区的城市有关。作为同乡，我有幸理解这一点。话说，一个优秀的诗人，本就是在自己"本位"中，泯然众人而别有心思。

2023-5-19 杭州小和山

第一辑 南方，草木蓊郁

NANFANG CAOMUWENGYU

# 伟大的南方

2013 年西安草莓音乐节

彭坦唱起《南方》

在一众的北方口音中

南方铲开思想的稗草，清晰地走向我

带着稻田工厂红蜻蜓，小镇和大城市

带着春衫下的薄汗香走向我

生平第一次——离开南方后

我被它真实地暴击

也是在那一刻，南方才从我身上生根

我盒里的恒星击碎寒武纪

在一路向南的途中万丈光芒


再次邂逅南方，是 2019 年末北京的冬天

清晨坐车穿过陌生的城区

早间新闻正播报南方的消息

我知道那边草木依然蓊郁

在潮湿的季候里滚着珍贵的热气

而这边，新的一天又从浓烈的叙述中降临

车窗外，人们将双手插进棉衣口袋

站在公车站台上久久地等待

沿途看过去，微尘的灰度拔高了半旧的大楼

道路如此拥堵，班车迟迟不来

也或许下一秒它就到了

2019-11-21 北京

## 傍晚乘车从文昌回海口

桉树提着绉纱裤管走出剧场

坐在东海岸的锁骨上

《燕尾蝶》与树林的光条平行闪耀

固力果的情歌与明暗贴面

如果让视线持续北眺，过琼州海峡

就会看到雷州半岛的鬓影华灯

但那边与我何干呢

整个大陆，不过是小灵魂的茫茫异乡

此时我体内，太平洋的汐流正在为暮色扩充体量

海口依然遥远，我的船快要来了

水手们神色微倦，空酒瓶在船舱里叮当

擦拭过天空的帆是半旧的

甲板上堆满紫玫瑰色的光

2019-1-30 陕西西安

# 味叭村午后

我们一定来过这里……

多么隆重，四月的白日梦……

你身后凤凰树无际，在点燃火束前，

替归途预演了开始和终结。

缱绻啊，飞逝啊，黄金的理想薄如蝉翼。

那些失重的光，竟再一次，

从你指尖跳落我身上。

我骄纵地挥霍它们如同与你挥霍着

再见，

快扔掉语言吧你说，只留线段虚度

在云端。

直到我们被梦吞并，被正反合的力淬炼成一瓶

微渺的晶露；直到你的小乐章在低音谱号的柔颈处侧身

等待——

我依然无法为盲目的热浪命名。

2021-2-8 北京

# 松茸旅行

它被擦净，切片
露出魔术箱中
雪白的房间
木质细浪在它肩上流淌
它撑开肌肤的小伞
悄吐幽林的香芬

这是北方城市少有的
盛夏半晴天
日光漫绕墨绿色窗棂时
桌布上绣的黄玫瑰动了动针脚
花苞徐徐伸展
男人和女人对坐于餐桌两侧
一碟南华松茸
是他们共享的美味
也是各自的营盘，再舒适不过的分界线

嗯，他点点头。她知道这是赞叹
她夹起一片

筷尖触到的柔嫩，复苏舌的记忆

她想起故乡——离楚雄不远的一座城市

那里亦有会弹琴的松涛

夕阳要翻过无数道屏风才能回家

而松茸的轨迹相反，一如她

在几阵毫无预兆的雨后迅速长大

离开，进入陌生的人群

访问明信片上的海和山川

间或一愣才发现

天地还是那个天地，只是自己的理解

一直在变


她盘算他们今后的生活

每年吃一次松茸，看一场 3D 电影

若更乐观些，还有一年一度的出国旅行

她将带回撒马尔罕的果碟

在书架旁挂起埃及面具

她喜欢把事情往乐观的方向想

想象，何尝不是今天的一部分呢

而眼前，她得尊重松茸的鲜美

并对它说：

"谢谢你走了这么远的路，来与我相遇。"


2022-7-11 北京

# 雪夜永恒

直到雪花织成了银丝网

我们仍骑着摩托车漫游昭通城

我的手搁在你衣兜内，头靠在你背上

紧贴你起伏的田野，我眼前胶片蔓延，一卷卷倾斜

街衢空荡，路灯向琼苞深处张望

零落的背影匆忙回家

我们有家不归，只想就这么依偎

就这么云中航行虚掷一生

真好啊，抹除语言的世界，唯有皎洁与你我无垠

我的彝族男孩，你的金色耳环迎风摇晃

和你整个人一样，痛饮高原的圣光

真好啊，十七岁

一小时前我们还在锆石的星空下亲吻

一小时后我们将去小酒馆烤火听摇滚

真的好，清酒酿的爱情

它同时带来最柔软的，最悲剧的

以及杯中的烟花

让我们身处其间而浑然不知

纷飞多年，那一夜的甜还流连我舌尖

2021-1-8 北京

# 温州杨梅

暂且吧，暂且，身体和思想缩成圆。
多余的丘陵，缩为春季时尚首秀中
鸡尾酒的水泡。
山野沉寂，
新的形体翻滚，借魔女的胭脂刷，
为浅薄众生，普度深沉的颜色。

看，我们所期待的浆汁，
正在叶的掩映下颤抖。
它知晓越靠近阳光，付出的代价
就越难以估算。
但走向成熟，是这盘大棋中唯一的大道。
正因如此，我爱杨梅不可复制的甜，
更让我欲罢不能的，
是它秘密的夹层里，
坚持挺立的酸。

2018-7-22 山西太原 初稿

2018-7-24 北京 定稿

## 在滇池

一些际遇正在此刻溜走

我只是仓皇地嗅着你领口的洗衣液香随夜风如轻歌般弥散

我只是静静地听着你给我的琴弦在湖光上爆出青铜的断响

2019-8-17 陕西西安

# 一个人去跳墩河

我们走着走着就散了
各自，纠结于各自的坡度、深坑和进退
比大山包更大的白雾，替我们掩藏
各自的失败与迷茫

我从山顶下来，朝跳墩河走去。一路上
黑斑石压着红土地，红土地按不住流水
我走一步，雨就大一些
再走一步，栈道边的野花就更烈一些

越走人越少，越走越孤单
我知道，这才是我将用尽一生
去解决的重大难题
而大多数时候，我们却只能
对此进行无用的修辞

2016-9-12 云南昭通

# 渐　次

站在藏经阁围栏边
安福寺的一角房檐正翘指拈起黄昏
它前面几树繁花自顾激滟
再往前是屋舍铺开
再往前是院落以旷寂对话世界

那院中有隐约风铃声向我拨来
它携手白鸽之缓步、风中之尘埃
于稳健深处发一声空响
当这一切的善意临到围栏外
我扣手直立，体内执念如春色堆积

2017-5-7 北京

# 侗家姑娘

日子在她们的发髻上，长出森林香
长出深山鸟鸣，鱼排成斜线跃出江面

花苞做成了耳朵，垂挂两滴滢露
唇和桃腮之间的春意，如雨后的寨子饱满起伏

全身都颤动着银片的玎玲
多少柔情，才能把金属锤炼出树叶的轻盈

"美丽的女子，当午热褪去，
你们将以何样的黄昏抵御衰老的恐惧？"我问

空谷中唯有弦外的远歌
她们笑而不语

2021-5-27 北京

# 成都东站站台

一瞬间，我以为前面的老人是祖父

仍戴着那顶毛呢贝雷帽

仍是整洁的蓝衣，在站台多边形的阴影里

衣袂翻飞着持重的深秋不认可的飘逸


啊，爷爷。我在心里喊

为什么多年以后，凭借他人的背影

我才真正地认出了你

像认出合唱队中唯一一个闭紧嘴唇的人

当镀金的旋律响彻宇宙，你喉咙里的海啸

挤成两道狭长的空气游出鼻孔

你从后院取下了晾晒的锦缎，梅树上白雪乱跌


那个老人没有转身

爷爷，他握住行李袋的手和你一样

握紧的还有全球升温后，困兽心中

不可逆的怀疑


我也不愿转身，怕看见自己走过的路

都被复制成你熟悉的影像

怕回到灿烂冬日，我们是并排坐在

枯梅枝上的兄弟

2018-12-28 陕西西安

# 程阳八寨四首

### 1

少女们的银饰为拂过梯田的风

勾画了歌喉，

紫色拱廊要带我走长长的征程。

"往山谷深处去，"路边的花神说，

"那里有旧美人的芦笙，月光下的马蹄印，

那是你不愿离开的梦境。"

### 2

经过永济桥，想起小时候看书，

说风雨桥上走来了侗家人。

二十年过去了，书中人走向了何处？

那桥面洒开淡淡的碎影，

桥栏还凝着雨后的青。

### 3

走进鼓楼，就披上了初夏的清凉。

侗家人能记住精巧的构造，

画出斑斓的月亮。

他们还有闪光的大歌，

以最澄澈的繁复穿越时光，激荡人心。


### 4

美好的旅程总是太匆匆。

离开程阳八寨，我愧疚于没有细细抚摸

那些朴素又大方的木楼；

还恐辜负

路边不语却深情的芭蕉与稻谷。


2021-5-27 北京

# 二〇一二年十二月二十一日，企沙

——致韦香香

我们从镇上最好的酒店出来

过码头，在煤灰沉浮的天穹下

走向海心沙


谈论车螺、摇滚、出路、过往的男人

更多是谈论

我们自身迷惘的部分


2012 年 12 月 21 日，传说中的世界末日

如果你把地图缩小

耐心点，再缩小

将坐标定位在

中国北部湾这个叫企沙的小镇

就会看见我们


站在海心沙中央，抽着烟

平静地接受海水的包围

没有什么天崩地裂

我们也暂时忽略了

一直承受在内心的瓦解与毁灭


但它们的确在发生

如同海的腥咸味

风一吹，就一波又一波翻起


2015-12-6 北京

# 广州之一

雨过后，风时而缓，时而急。
这南国的湿，我熟知
却不挑明，它内心藏着瘴气。

站在阳台上晾衣服，
膝盖里的疼咬紧牙齿。
在广州的城中村，
我年轻的风湿仍然天真。

阳台无阳，月色也照不到。
晾的都是些柔软的东西：
腠理、呼吸、想象的可能性，
蜂拥的诗句。

它们无视五百块房租，
下班后一个半小时的归途。
地铁已修过横沙，
广州的血管越来越多，
路上的人却越来越贫血。

此刻，撑衣杆在我手里动了一下，
它早就熟睡，只是在梦中
抑制不住奔跑的冲动。

2014-4-25 广东广州 初稿
2014-5-11 海南海口 定稿

## 边城·河灯游

纸骨水命,一生
与孤独唇齿相依。负载的愿望
有的花好月圆了
有的,雨打风吹了
从被陆地放逐的那刻起,就注定
沉浮世间,下落不明

六年后,我回到沱江边
剪开闪烁的记忆,在体内点一盏灯
照亮老化的、生长的、疼过的
正在疼的部分
让明亮归于明亮
黑暗,归于宽恕

而流浪终将归于我
我归于清晨的第一声山歌

山歌，归于

岚霭如霜，江水清清

2015-11-4 北京

## 柳州叙事

我没停留过这地方。
每次在火车上渐晃渐过，
柳州与我，总隔着一层玻璃。

但它总让我想到他，
关于他的往事像溃散的炉屑。
幽灵一样的彷徨与焦虑，
捆绑星团堆起的夜。
雨将来，
流萤贴着地面飞，
迷蒙不清，迷梦不醒。

他不知道这里出过一支乐队叫旅行团，
他不知道这里出过一个奇女子吴虹飞。
我们疲惫了，
安静下来，
各说各的，
谁也不倾听。

没错，他只是令我更加孤寂。

可多年后我诊断，

我并未爱过，所以这一切毫不可惜。

2013-4-20 湖北武汉

## 那一年的爱情

空荡荡的天花板，风扇迟缓地转，
把风转慢了，
时钟转成逆方向。

只有地板是凉的。
地板之外，多余的是
白木头床的房间。

两个人，流了许多汗。
他的刘海，绞进我颈上的蓝心项链。

他说：你是个傻帽。
我渴，却想抽一支白梅烟。

假槟榔的叶影，摇荡在百叶窗上。
很长的夜晚，随一场暴雨
猛然裂天而降。

后来，那一年的星空涌进珠江，

我涂起红指甲，也决心不再犯傻。

2014-11-23 陕西西安

## 桃花源

我要推门，撞翻空气，跑出去！穿上那双
粉红的球鞋。提起我
粉红的乔其纱裙摆。半湿的粉红发丝，
在春风中飞啊飞。阳光好乱，粉红色的桃花眼。

一脚踩进梦的缝隙，高高低低，塞满
深深浅浅，粉。
多久了！一个人做梦，
一个人跳圆舞曲。一个人用文字，磕磕碰碰。

一个人灼灼其华，开了又谢。
一个人，把打着小喷嚏的江南卷入掌心。
还是看不透你的庭院深深，如你永远不懂
我的 VERSACE* 红牛仔香水——
那年，三月的双唇
嘟着轻快的饱满。
世事清澈，仿佛若有光。

晋太元中，你我捕鱼为业。

2015-8-17 云南昭通

注：VERSACE，即范思哲，是意大利的一个时尚品牌。该品牌推出过一款红
　　牛仔香水。

# 湘西石板路

木楼让出一条道来，将一些美丽
养在深闺

多肉盆栽做着深呼吸。客栈半掩门
猫和青苔相拥入睡

整个下午，你陪着我
在巷子里迂回
雨，突如其来，叩击着石板
痒

一束火苗，一些话，握在手心
就烘暖了彼此
迷路的掌纹，交错的命运

走到尽头，小城轻轻侧身
我也转头，看见挂在巷口的蓝花布
在风里，微微一动

2015-11-4 北京

# 在景德镇看瓷器

我忘了自己是如何

走进这个王国

出生乡野的瓷土

竟获得温柔的尊重

经过拣选 练泥 制坯 上釉

一系列改颜换面的雕琢

纷纷出落成雅致的公主

一个个傲然

矜持

保持沉默


我很小心

尤其是面对

脆弱的美


不敢想象

我是这堆瓷器的其中一个

我高贵并且单纯

拒绝你的青睐与抚摸

因为你稍一用力的爱

都会使我

粉身碎骨

2013-9-1 海南海口

# 从昭通下宜宾

江山如此自足，
在陡峭与坦荡间，运筹着大手笔。
从时间的起点走到现在，它还没消耗完
为自己准备的爱。

一切自得圆满。
路边红头巾的石菩萨，不说话，
便能提醒生死。
风过，远处树丛低声齐吼，
一层又一层绿色渐次浓郁。
瀑布从山顶湍下，毫不犹豫粉碎自己，
以获得在江水中的新生。
山中竹林，用空心也能撑起
千古的直立。

在这条路上，我和其他乘客一样
只是疾驰而过的旁观者。

当漫山遍野的狗尾草跳起它们的舞蹈时，

我如此多余。

2017-8-24 陕西西安

# 大补山村印象

它知道青翠的就要恣肆，雪白的就要无邪

湖有了桥才生顾盼，荷塘还需配点淡香

当然喽，椰子应有椰子的窈窕

榕树亦有榕树的正道

哦，这闺阁中的小桃源

它还深知云朵只对着干净的大地照镜子

抽象的幸福要经生活的热汤

方能熬出盐味

而山水，将带给我们更大的满足

最终，美的繁复归于美的素朴

2021-2-10 北京

# 大罗山观云

惊奇！多少年了，
我走出山，又回到山，
并且爱上它。
找不到比它更延绵也更孤峭、更敞开也
更隐幽的顽主了。
只要地球还在，它的腹腔里就笼着
未知的火力。不要问我为什么，
对于山，以及永恒，
我从未看清过。

大罗山的云，我爱的也是它
亦真亦幻的品质。
站在山上看山下，被视线缩成模型的茶树、水石、禅院……
都被山岚泡过一遍，显得比本身宁静。
站在山上看山顶，够不到的大多数，
被云朵托举得更轻盈。
站在山上看山，遮蔽的、显露的，还有我自己，
总有一部分与云雾抱合在一起。
漫步大罗山中，

洁白的隐士令我若有所失，更心花灿烂。

该怎样感谢这份稀有的虚呢，

尘世太拥挤，

它只为狭窄的山径植下苔印。

2018-7-28 北京

## 滇东北小站

水麻高速路上，我们的表情、身体
生命中无法自主的那些隐喻
在接踵而至的隧道中，被透不过气的黑白
分享、割据
绝望的一刻，洞口豁然开朗
不知名的加油站，令人心生欢喜

我裹着流苏围巾下车，贪享天地间
白露时节的空气
有人闲谈，有人抽烟，有人索性蹲在草丛旁
看一大早就起来赶路的蜗牛
怎样去拜访它
十厘米外的朋友

谁都不会长留，更多的美在前方召唤
还有更多的美已无法
使人们停下
五分钟后，我也钻进开着暖气的大巴
重新翻看手机上，那篇没读完的新闻

这一方永恒的青山绿水

再多看一眼，或许我们就会彼此厌倦

2016-9-12 云南昭通

## 泉州旧馆驿

青苔，用挂满露水的睫毛，
翻动斜射进天井的阳光。
一夜春雨，金鱼穿上透明的翅膀。

我与放晴的天空同时醒来，
吐旧纳新，皆若空游无所依。

街对面的开元寺里，一千年了，
那群白鸽还是会扑啦啦四散飞去。
影子零落处，香炉里一缕青烟，
它垂直升起的手臂，
正束住旁逸的世间情。

2015-12-17 北京

# 夜宿九真山

与这般寂静相对，欢喜如海潮
云卷又云舒，拍打我的脚踝
顷刻我化身婴儿
空游中
捞到一把多余的时间
它站在消逝的临界点，推动我
在突然的闲暇里迷离，遗忘
怎样安置轻柔的事物
让它们不疼

关掉床头台灯。冬日他细语时
洒在北方庭院的阳光，彻底离去，将阴影
垂挂于我的睫毛
而那列永远追不上的绿皮火车
正穿过森林、星空和星空下的乡村
回访身体，再一次呼啸而过

待这夜晚深到了极限
我两手空空了

四面泛滥的虫鸣，还在点缀着虚无

五月的风刷过草尖

扎在泥土里的草根，是否微微一震


无形的力持续波动，大地波动。静在波动

我起身

拉拢落地窗的帘幔

一丝缝隙，在黑暗的边缘固执敞开

属于我的马赛克，五彩的珐琅片

脆弱、剥落，带着错误与重负

无声摊在地毯上


我愿意。虽然这些精致的碎片

在下一个白昼

还会被重新贴回我身上


2016-5-25 北京

## 悦慢民宿

站得高，未必就能一览众山小
高度，也许会使人失去大地
陷入一种
无法观察细微事物的危险中

而那天我顶着小雨爬上悦慢民宿的最高处
看见远山为我推来苍翠的亲近
小楼和树木，被低处飘浮的云朵
拂拭出温柔的纹路
还有一树疏密有致的桃花
将久违的惊喜，从阳台外盈盈递进
那一刻我知道
略带寒意的高度
才能与孤独者对话并成就彼此

2017-5-7 北京

## 柳叶湖摩天轮上

那时候，玻璃盒中的囚徒，
冒死盗用了想象力，
骑着白马摘白云。她戴上尘世的荆冠
惠泽万民。全天下浪迹的涟漪，
向她屈膝称臣，刺绣漫长的河岸。
四方水路，走出芦苇荡，彼此作揖问好，
交换绿意、婉转、开阔的未来性。
盛世袖口中，有抚琴人稳坐，
不奏雅乐，单焚香漱石。

那时候，内外的饥馑尽数消失。
不合时宜的冰层，随一条优美的引线
无声爆破。
上升，缓缓地上升，我假装自己
与人间每一个悲哀的高度持平。

2016-8-15 云南昭通

## 空岛蓝
——致懒懒、羽微微


真正的辽阔，会孕育出

合身的富余

海平线上，两名蓝少女踩着纸天鹅的锁骨走来

夏天，在她们的帆布鞋面圈出光斑

从更南的地方寄来的精灵

栖居在她们眼里


黄昏懒懒，染得车厘子暮色微微

我说，有一种蓝叫空岛蓝

只有它能形容崇明岛的相遇


2017-6-5 北京

# 那一天的光

那一天，昆明庭院里慵懒的午后光

被风载起来，拨着十一月的心事

东一搭，西一搭，草莓汁在半空喷发

那一天，我在滇藏线上

哀牢山深处，林间一剪一剪的

光带，向陌生的行人提供胸襟

那一天，光像薄薄的纸片

紧贴和顺古城的桥栏，等待有心人

进行华丽的开发

那一天，吉他声起起伏伏

流光在昭通城的夜色里明暗

我离开你，独自逆风而行

那一天，整个云南的光都是好的

把生命幽暗的角落也辉映成

小麦肤色

那后来，我还是在聚散离合中握紧手电筒

再没见过

那么好的光

2016-9-8 云南昭通

# 访太极猫洞

不枉绕了好大一片山，

终于在日落前，寻到这个天然的冰室。

我们朝洞里走去，

黑与寒匀速递增。

路越深，模糊的事物就越多。

盘亘在我头顶上方的，

可能不是钟乳石，

而是一条沉思的小蛇；

而那些滴落在我后颈上的液体，或许是

龙女不小心洒出的花露水。

继续往里走，就是黑的王国了，

模糊的事物全部被黑消融。

当身边的一切都看不清时，

我唯一能把握的，不过是自身；

此刻，我只能凭信心与勇气前行。


后来我们原路折返，

回到进来时的洞口。

因为走的步小，我没有打滑。

其实，难得的清凉也是有代价的，
譬如这座山，
偏要在身体里开出这个
冤家路窄的洞，
它自己在烈日下热得发晕，
却没法钻进洞里乘乘凉。

2018-8-3 北京

# 桂北小雪

枯草躬身南移，落雪逆翔。
小楼铁轨外，似揉旧的纸牌，
与原野共襄参差的洁白。

火车戛然而止，整个天地共鸣起泛音。
青峰三两座，使力，将一世的痛，
推至削尖的山顶。

湖边万物蛮荒。
钓雪者撑圆了紫色伞面，
对坐烟渚。

2016-1-9 广西南宁

## 冬夜，Moon Dog *

在 Moon Dog，我还剩半杯 Mojito *，
微微喘着气。
跌跃在齿间，是春芽的碎片。
《白银饭店》，自邈远的山峰涌过，
山谷有回音。

囍儿说了好多遍：
"有朋自远方来，
今晚我好开心！"
虽然他每天都在笑，
把自己的二十岁
提前笑皱了。

坐在他旁边，我的蓝风筝，
还在崖上翩跹。
阳光猛烈，我耐心收放着盘线。

有一条空走廊，始终
回荡着

无处可去的风。

风在冬夜微醺，

走廊在我们的生活中，

越掘越深。


听说就在上周，昆明刚下过一场罕见的雪，

整座城市，

正在努力尝试

安置

突如其来的白。


"从高处看我们就像风中的草。"一曲终止，

囍儿送我回去。

瓦仓南路短得过分，

走到告别的路口，

我们还没想好，

该不该拥抱。


2014-1-8 云南昭通


注：Moon Dog，意为"月亮狗"，是云南昆明的一家酒吧，现已关闭。

　　Mojito，一种鸡尾酒。

## 九真山遇水杉

这一段林中路
偏且狭窄。我自远方的魔障来
未曾知晓
有水杉在湖中央修行
岚蔼间打通呼吸，迎向青山的臂弯
抱团生长，又各自为营

与倒影对接，获取加倍的修长
水杉清洁的身体上，长了更多的眼睛
凝视着：木栈道的霜、霜上步伐缓缓的孤独人
但闭眼又何妨。千万年来
它们活明白了
不迎合，不言语，携一方山水
释放满身绿，融入更大的绿

可我不能停留
另外的力量穷追而来，拖曳我，带走我
在九真山深处
我奉献赞美，更多是叹息

我还小心地包裹好

自身的污秽与残缺

2016-5-27 北京

## 分界洲岛

不只是此地和别处的分界

深蓝和白沙的分界

还是热风的里袄和锋面雨的镜奁

更是一种生活和

另一种生活的分界


我的幻想也被它划入两界

一半在树冠做的遮阳伞下，细说海岛的方言

另一半却在码头边

——那远去的水手

早已不再寄来桃花信笺

没有船票的空邮筒，还吹奏着炽烈的小号

2021-11-4 北京

## 游蔡甸香草花田，见薰衣草

颜色，是薰衣草承受的

最大荣耀和偏见

而身为一名长期

对浪漫保持警惕的瞭望者

我曾以为，多年的克制足以使自己

远离紫色的困扰

可事实远比逻辑艰巨

当我再次想起这片花田

恶作剧的婴儿，已来到我们中间

这位幸运的王储，一开始

便不打算听从

我沙丘式的教导

它甚至向我暗示：等到我老了

花都开过了……

春天啊，多像一条温柔的皮鞭

鞭影清亮，对冥想的幸福抽出既甜且酸的猎响

我躲闪，我徘徊

我松软，掉下发光的鳞片

在紫色的深海里溃不成军

2019-8-5 云南丽江

## 光坡·黄昏小调

在光坡，海岛黄昏的酡颜

须臾之间，无数微表情浮幻

跳进湖里洗澡的夕阳，正拖动华服的尾翼

将水纹刷皱，挑染出暖色中

一抹咏叹调的金

而与它相对的现实镜面，岸边婷婷的身段

也向绮雯招展着槟榔的花冠

人结束了一天的劳动，迎接归途或晚笛

我却不知往何处去

我充盈且徒劳

走了很远又绕回原地

窣窣地想着你眼角那些缥缈的影像

2021-2-10 北京

# 山　坡

暮光浮在红蜻蜓

散漫的飞翔上，

光的重量和蜻蜓的翅膀近于无。

整个世界青山辽阔，毫无道理。

我看得出神，没注意母亲的唱词

拐了几道弯。


我们身旁，胭脂花沸腾的紫红色，

把泥土的手心滚得又香又痒。

风正在降温，

远方，还在向梯田派送伞兵。

母亲说："天快黑了，该回家了。"

我便跟着她往家走。

她的大裙摆沿着小路飘啊飘。

二十年了，

今天的风使劲儿凉，夜空也再不见星星，

我一点点忆起她裙摆舞动的弧度，

那么朴素，那么洁白。

2018-4-6 河北定州

# 在三斗坪镇

我们在露台吃鱼

江面上，暮光一点点下沉

圆桌上，炭火一点点拔高

不一会儿，鱼汤翻滚起鲜美的波浪

我朝栏杆外一望

白天还绿得快榨出猕猴桃汁的江水

已悄然换上黛青色的睡袍


家家户户亮起了灯

三峡人家音乐节的电子乐

踩着火苗的节拍跳跃

越来越多的人走出房间，游荡在镇上

网红们举着自拍杆在老房子前直播

三轮车停在土菜馆门口，又拉来满满的啤酒


人的世界热闹起来

只有山水

年复一年，在这个时刻
准时陷入沉思

2018-8-4 北京

# 桃花潭平安夜

焰火升高。点亮暮色的鲁冰花
在光的制高点，俯视
生态餐厅里的我。我抹在碎片上的记忆，
被从天而降的迷离拉着，
还在往下沉。

你那边热闹么。我已离你太远，
没有约定过重逢。我也不再
去追问意义，不再有冲动去把
经历的残缺修补一遍。
我们带着错误上路，还将
接纳更多的浮尘；在路的尽头，所有这些，
来不及清理。但局部的平安
仍令我感动。这些年的平安夜：
北京、西安、海口、昆明……
继续往前探，在一个叫百标那楼的村庄里，
人们仰头齐唱赞美诗，盼望充满圣殿。
满天星辰，把翻新的世界，
温柔地抚摸一遍。

我曾在那里获得安慰。

多年后，我也会记得今夜，

在桃花潭，风小跑过湖水，

半个夜空花团锦簇。

这般盛大时刻，我走进宁静深处，

想起了你。

2017-1-4 北京

## 梅雨潭的绿

是鹿的眼睛，凝视榴莲微阖的睫毛

是深海扇贝翕开小米牙

用高度的从容调和低度的痒

安享

寄自仙女星系甜品屋的抹茶慕斯


任何形容都绿不过梅雨潭的绿了

这绿的祖母，绿的小孙女

它将一种颜色定义，也将过去和今朝

徘徊在此地的身影嵌入错落里

从缤纷中披靡而来，自然会珍视

绿的重要性

但，如果你的翅膀将在回旋中上升

澄澈远比绿可贵

2018-7-17 陕西西安

第二辑 一路向北

YILUXIANGBEI

# 北京之春

被严冬紧捂口鼻的婴儿，

终于犟过头，舒了一口气。

春天，从北京城的耳垂、指尖、腰，

从它初醒的脚踝上生出枝叶。

该青的青，该香的香；

该嫩的拉住风的衣带，任性地打秋千。

杨絮写下第一首自由的诗，

樱花把寺院红墙当镜子，

蘸上春光涂胭脂

——从车窗内往外看，

她一晃而过的侧影是一支

媚得惊心动魄的琴弓，

此刻我心口的弦恰好微微一颤。


多么久违：天空，福祉，尘世的匕首。

多么永恒：绚烂中的悲，深海里的静。

因为短暂，北京的春天才倍显珍贵；

这些魔幻的生长将魔幻地消失，

这些丰富的层次，会很快被削平。

2018-4-11 北京

## 绵山赋，兼怀介之推

那一秒，火蝶纷乱，淹没了星空
在红与黑的肉搏中
他终于写出毕生寻求的道
从此，清寒的节日有了烈焰的品质
而绵山，始终如一坛深藏的老酒
静候我千年后的造访
夕阳将近，我盘旋，上升，复盘旋
想象着一种珍稀的悲壮，不，壮丽——
正用决然的大宁静对抗
千军万马的功名
但我听到的，只有水涛沟
深绿色的潺湲
一滴又一滴，穿过风孔
穿过少数人的书桌

2021-6-25 北京

## 通辽山地草原

那首诗即将饱和了，总还有一孔涌不出；
那首诗永远触碰不到，只能无限趋近。
在它浆果色的核心，
马背的线条，拉动着地平线的节律；
在它难以丈量的边际，
光分解为最小粒的珍珠，
用稳而亲切的力，在狗尾巴草尖停驻。
我想说的还不只这些，
还有山地草原从天空捞来的斜片，
坐在斜片上，
缀满蒺藜的心，被暮色照射出
翡翠般的净化与甘饴。
我还可以继续这样说下去，
一切皆可形容，但草原无法复制，
就像那首诗，它保留的部分，
正是我们自身，
没有入口只有回声的陌生禁区。

2018-8-24 北京

# 通州运河怀古

霜色复转浓。

历史的太虚幻境，用澹澹流水

把他运来。

这里是通州：

市民在 iWatch® 的关怀下晨练，

火车载着远山黛和明信片，

驶过运河上的铁路桥。

他想起离开那日，金陵丝竹再次惊飞

梦嗉养的画眉。一切早已被梅雨洗空，

一切又将

在陌生的地方重新开始。

只要还有河，碎成雪花的心，

就还能去远方，就还能让

美丽的少男少女永远年轻。

他眼前，一幅文学图景缓缓转出花骨朵，

活着、讲述、写，

若干年后，那部作品将替他

完成纸上的天鹅。

而所谓不朽，不过是身外孤舟。

2021-10-22 北京

注：iWatch，美国苹果公司的一款电子产品。

## 火车去东北

你家楼下烧烤店准备打烊时它来了

带着令人心动的长江口音

南方植物的混杂生气

这久违的线段横穿

梦中北京城

轰隆隆隆隆隆隆，趁天未亮它要去东北

要擦掉沿途吉他弦的锈斑

在我们的艳羡中显摆

粗纤维的，热浪凶猛的，危险又敏捷的可能


站在铁路桥下我们

因羞愧而失语

为何打乱的魔方再转不回原来的颜色

好像困惑的事从来都无人作答

夏末的仰角中只有它

吹着口哨携走满身复古绿


我依然困于此时此地而冬天你

也将坐上这样的火车离开

低头，车轮声在耳朵的宫殿里渐远

想起电影《独自等待》，原来你也是

"从我身边溜走的那个人"

2022-9-11 北京

# 在科尔沁蒙古包醒来

可能并没有醒来，不过是

深入了另一重梦境

我推开红木门，踏上被草丛包围的小径

狗尾草将晨曦剪成一条条倾斜的绿枝

蒙古包敞开娴雅的爱意，为大地哺充初乳

我走到哪儿，光就跟到哪儿

这陌生的新生令我恍惚

就在刚才，我还不确定

坚果裂缝处的第一缕清香

能在微风中站立多久

人总是要独自行路才会发现

与自己厮守得最长的，不过是自己

与自己疏离得最久的

也只会是自己

人们都有类似的烦恼

抵达快乐的路径才是各个不一

这时，我找到了一根半旧的水管

我梳洗，让苍凉的水溅到

裸露的脚趾上

仿佛这样就能开始另一种生活

2018-8-25 北京

# 从鼓楼西大街到魏公村

世界开始冷却。车声翻滚，
把我送到陌生的海岸边。
不断推翻自身的浪花，漫过沙滩赤足，
撞击并破碎，尝试
最后的求证。

夜色无上。人在低处。
霓虹用惯性捕捉逃亡的灵魂。
天空隐藏命数，一颗星
在高楼 90 度棱角处值守。
我与车窗同步移动，玻璃，
贴紧不断瓦解的春风。

是一霎那的惊觉：这段路程早与我亲密。
也仅仅是一霎那，
宇宙打乱棋局，
我们滴水不漏的不安，
与尘埃为伍。

从鼓楼西大街到魏公村，

那么多的辉煌，那么多的灯光。

没有一盏灯，照亮黑暗中，

兜兜转转，飞离胡同的天鹅。

2016-3-28 北京

## 沁源农家饭

一切都变得简洁

大片的山丘，整块的草坪

铲平了梯度的内心

只有这顿饭是丰盛的

害羞的碗碟，谦让着挤坐在木桌上

小声交换着田野的信息，不好意思抬头看

满院的阳光


野菜还保持着从地里摘下时的青涩

栲栳栳的蘸料透着健康的番茄香

让我想起大山包少女脸上的高原红

最灿烂的色泽，莫过于餐桌中央那盘炖土鸡肉了

还有土豆，我的娘家人

他们曾背着手编的竹篓

踏着解放牌胶鞋翻过滇东北的大山

来到县城里我的祖母家

一进门，就搓着双手

非要祖母收下他们亲手种的蔬菜才肯入座

然后，把斑驳的搪瓷缸往炕上一放

不一会儿，从蜂窝煤里蹿出的火舌
开始挠响咕嘟咕嘟的热茶

那些时光差点就被忘记了
却在沁源的农家饭里
用最朴实的亲密将我的童年唤醒

2018-8-1 北京

# 写给沈阳

残酷的事终于成真：不是在一刹那，

而是在缓慢的晕眩中，

我感知到自己在流浪。

你已把我吞噬大半，噢我精细的白骨！

你也吸收了我的毒，

你不会很快死掉你只会按

原本的节奏趋近衰老。

而我，决定对你缄口，

对海浪保持沉默。

不幸的时刻，我只是让你

再一次

证实了固有的虚无。

背对挂在头顶的明天，

如何留住短暂的静止。

我怎知道这里的樱花会像

野草一样疯长，

我怎知道它们轻微的红，

隐瞒了多少盆腔的阵痛。

三月，人别离，沈阳风寒。

我颤动身体，游向另一座岛。

那里没有阳光、果树、记忆里半真半假的篱笆，

没有夭亡的孩子，

我可以激烈地指责它的荒芜。

2014-4-22 陕西西安

## 介休琉璃 *

整整一个夏季，他把它关在
死去活来的高温里，
终于成就了它
易碎的美。

脱胎于烈火，
它深知莹洁和瑰丽的隐喻；
还有骨内的金石之响，给它恒久的告诫：
"世间之美无限，又各有其限度。
而你的使命，是让平常的事物发光，
让这大悲尘寰
多一丝明亮。"

他没有留下名字，它却把他的心事
留在空王佛祠的门前
——他的孔雀公主远去时，
只赠予他一抹蓝，

那是他终生不曾说出的晴天。

2021-6-28 北京

注：山西介休是古代重要的琉璃产地，被誉为"琉璃之乡"。在介休
空王佛祠门前，有两方孔雀蓝釉琉璃碑，为国内仅存。这两方
琉璃碑的孔雀蓝配色工艺已失传。

# 北大的秋色

再过一段时间，未名湖就会结冰
被人们喂过的锦鲤，就会到冰下隐居
鱼和人，各过各的寒冬

这些都是下个月的事
现在我想说的是北大的秋色
它比京城任何一个地方的秋色都要深
也短得让爱美的人来不及有所准备
上周友人还在说，那棵最大的银杏树该转黄了
今天黄叶已落了一地
我走在这深重且短暂的秋色中
尽量放慢脚步
却并没写出心所期待的
那首困难的诗

2018-11-2 北京

## 守口堡杏花思

它的自在大于每一个人的总和。

天生的得道者，

认定，就敞性，就摇曳多姿。

真正的美从不费力，

和平亦与之同根生。

当我回来，暗香又轻拍烽火台，

手持利刃的士兵想起故乡，

春光熳烁，浮荡于她的橄榄石珰……

这才是超越啊：活着，为了开放，

为了讲述和瞭望。

看，绝对的虚无仍在悠然漫步，

而杏花正改写旷野，

活下去，时间就在我们这边。

2019-4-29 陕西西安 初稿

2019-5-17 北京 定稿

# 守口堡村

## ——兼致黍不语

相比长城，我更关心脚下的村道。

历经铁马冰河，再也回不去的士兵，

把这里开辟为新的故乡。

（意料之外，我们撞到诗的入口。

其实"偶然"，是诗最爱耍的小花招——

请相信：必然，才是偶然永恒的公分母。）


相比村道，我更关心荒废的院落。

那些垂下的门帘，还遗留着昨日的生活。

离开曾经的婚房，人们带走了什么。

（该清清了。物质和欲望都在爆炸式繁殖，

只有诗需要减。

我把多余的汉字收起来。）


相比院落，我更关心不负韶光的杏花。

她们用美的法则自治，比人类社会提前

获得大同的快乐。

（而诗这个小奇货，

既要求平等的权利，也赞赏丰富的差异。

正如此刻的我和你。)


相比杏花，我更关心干枯的草垛。

偏偏是无用，孕育出静谧的自在。

还得当心，它们遗传了

与火星亲密接触的冲动。

(诗有内心烂漫的惊诧，

用跃向未知的勇气，

完成一次次分行。)


相比草垛，我更关心仅有的一头牛、两只狗，

可动物对我们的来访并不热心。

我再次意识到：这样那样的玻璃窗，

立在我与世界之间。

(因此，我坚持在写诗时反对自己。

每一个新我，

都渴望宣判旧我的无效。)


2019-5-17 北京

## 张壁古堡冥想

人群在我视线里缩成浅灰的波点
我又回到了童年的衢街
那是五月的午后，刚饮完橙汁的阳光
满溢着世界最初的温柔
风穿上蓝布鞋，在人去楼空的老房子下
陪我慢慢走

一不小心，就走到了十四岁
多么绝望，我爱上戍边的少年
他在张壁给我写了一封信
信上说固执的葵花，城垣的流云
说柿子打起灯笼，再次照亮寂寞的枝头

那封信还没收到，我已打点好行装
一场突然的战争让我们离散
多年后，我再次来到古堡
不得不承认，初恋只是一张透明的糖纸

而星星

已在地面勾画下诗的地图

2021-6-26 北京

# 华北平原

夕阳撒开一把又一把金灰
还是没法美化
这片土地的空茫与枯寂

我已离故乡太远
为什么平原
缺乏高山和大海的性格

但我不能回到故乡
回去了，和那里的故人们
也未必会相认

站在华北平原上，人就变得很小
人的孤独就一览无遗

2017-2-28 北京

# 阳　高

守口堡的杏花开了
为烽火台的衣襟
缝上一圈柔软的刺绣
在这里，我和我的诗
同时接纳着陌生的北方
——边塞的北方，戎马的北方
曾用肉身修建起繁体字的长城
只有在春天，它才做回马背上的长子
带着飘摇与浩荡，虚度漫漫旷野

登上古典汉诗的瞭望台，我更愿意把阳高
视为北方的一曲小令
深夜，走在阳高街头
那么多笔直的线条
像从文明的《奥义书》里裁下的折边
每条折边都在向我发出书写的邀请

趁月色清澹

我想走进深处的未知，设定一个新的原点

2019-5-17 北京

# 黄河谣

成排的羊皮筏子已是当代文旅景观

不变的是岸上

踢着碎石的人走来，走来，又走去

"不知道要去哪里"*

你十八岁了，一路高飞

来到没有雪的南方城市

慢慢长出眼纹，长出对世间

苔色的理解

不过是十余年，却足以决定你一生

钻石的切面

而那些尚未发生的，是怎样说服自己

消隐于命运的锦匣

酒后你才会谈起兰州，谈起那条河

谈起旧城来路不明的风，总是盘旋着金灰

谈起她，她们，或者我，或我们的长发

你不需要知道，我也曾到过那里

在你经过的地方抱膝，久久地凝视

时间的细线翻起的弧浪

正是那种孤独

成全我们的相认，相知，以及错失

只有锦匣里的怀表

一直用孩子气的速度拨动秒针

在另外的秘境守住一场热雪

2022-8-11 云南昆明

注："不知道要去哪里"，为张伫《远行》歌词。

## 访永和乾坤湾


行至此处，黄河拐大弯
乾与坤，那遥望万年又暗相角逐的力
开始跳起
纯金华尔兹


翻过多少澎湃，跌来撞去，终于遇见你
虽这照面
短得只能装下一支舞曲
"请记住我"，埋首于他肩胛骨的水底涛声她听见他说
一路向东，去那包容一切又消解一切的浩瀚之地


"让我们重新开始"

2022-8-24 北京

# 在吉县看壶口瀑布

它从高原出发

见过雪，见过山，见过世界屋脊上

无尽的人们和神光

来到吉县，有了态度

便将柔顺的头发

铸成咆哮的琥珀壶

黄河水被它煮过一遍，再倒出来

灌满黄土地的裂纹

猛添空气的热力

如此，连它头顶的天空也掀起热浪

我就置身于这热中

一团红布样的晚霞，在我头顶猎猎燃烧

你知道我想说的是——

水汹涌起来，你就能听到声音

但人不一定

2022-8-27 北京

# 永　和

仿佛这名字并不躺在芝河边
而是浸入深蓝海水，打坐在
你祖母旧手绢的折痕里

夏末，夜拉得更长
男人们光着膀子围饮于露天酒桌
女人们青丝挽成纱帘
电风扇吹云鬓，汗衫微透，凉鞋好看

果真一座小城
小得我想一个人的时候，从城南走到城北
走过永红大桥再回来
还没把他的侧颜想够

2022-8-26 北京

# 云林寺

有时，旧并非坏事。尤其是在
巴洛克珐琅片塞满了冰箱的今天。
来看看云林寺吧，你的这位
想象中的老朋友，
他正在脱下 PLAYBOY * 的外套，
收起水培植物的花盆，
并打算给每一位色彩员工
办理退休手续。

他的指关节不像从前那样灵活了，
门牙也开始松动。
在信仰都能乔装打扮的时代，
他越来越明白：
坦然是最好的活法，
好东西不会自夸。

你来了，他不会说客套的废话，

但他将慷慨地赠你

世人最缺少的宁静。

2019-5-17 北京

注：PLAYBOY，即花花公子，美国的一个知名品牌。

## 去宝古图沙漠，途经怪柳林

柳枝回到树顶，
忧郁的羊回到粉水晶。
我回到葡萄籽，重访更新自己的酒，
我称它为宝血。

何其艰难！
能够回返的，只是世界微小的末梢；
更多的事物一去，就不预设回。
你看，我们的旅程从不反复，
你的丝巾被风吹动的形状，每一秒都不同。
还有柳林里这匹我追不上的
生气的小马——
它甚至不愿稍加停顿，
让我用百合的清露，轻拭它银灰色的眼睫。

人生的射线最清楚：回，是最大的恩典。
但光针也从不回到太阳的暗箱，

也没有人关心，

它们最后去了哪里。

2018-8-25 北京

# 腾格里沙漠

黄沙起处，太阳稳稳停在地平线上
余晖涂满空旷

我把双手套进锁扣，沿铁索
从一座沙丘，滑向另一座沙丘

风，在寂静中刮着耳郭
无数刀锋，反擦着命运，簌簌飞过

蓄力已久的孤独，敲一下
就把泪珠凿出眼眶

2015-11-15 北京

# 灵空山抒情

如果有一座山能在天上飞

那一定是灵空山

灵空灵空，盛夏的鼻息下，甩开了身体飞

它怀里冰雕的圣寿寺、峦桥、石阶……弹着溪流声飞

氧气，系上薄荷色的纱带飞

九杆旗和它的小孩子们、蝴蝶和蝶翅上的花粉也飞

它们从不缺发自内心的清凉

宛如初醒的晨露

在摇篮边荡着自在的秋千


走在林中小径上，脚下土地似有似无

我似有似无

一种宁静的轻，把行将隐匿的我抬了起来

——在跷跷板的另一头

世间万物正涌到飞与静止的争议地带

吵嚷着，度量一个平衡点

而我陷入云的沙发

满目翠绿消失于空镜

野兔在透着光的繁叶间悄悄张望

2018-8-1 北京

## 在临沂马场

隔着物种，隔着语言

美国小矮马把自己的忧伤

清晰地传递给了我

它低垂的眼眸，盛满人类羞于承认的脆弱

要表达对世界的理解

它只用最简单的沉默

当我轻抚它温软的皮毛

与众人笑谈时

我们只说马场的建设，说远处的树林

只说这天气真够意思

骑一骑外国的畜生也不错

2019-11-23 北京

# 花　坡

不负那么多的崎岖、弯道

和挠心挠肝的盼望

最惊艳的，果然在最遥远的地方

我们像刚放学的孩童朝高处跑去

鞋面翻覆着蓬勃的草香

看，细雨中的天空有一双温柔如毛衣的眸子

在它灰蓝的目光里，风车轻轻摇曳着洁白的翅膀

数不清的野花欢笑着，打闹着

生动的身姿竞相燃烧

一代代，一年年

她们奉献出全部生命

为这片坡地织就美的锦缎

正因有这样的生与死，这里才配称花的故乡

或许，这里也是我的故乡

我在花丛中走得越深

就越是清楚归程的方向

2018-8-1 北京

## 梦回帕米尔

"您好，小姐！我是第 X 号地球公民杨碧薇。
我申请领回公元 2021 年存入记忆银行的一个梦。"

我的梦，于北京入秋时
突破地铁密实的空音，
嗖嗖嗖，过长安，为安西都护府的厨娘
送去一本热腾腾的诗集《下南洋》。
在吐峪沟，摘下车师国遥感学者
亲手栽种的葫芦，
加满楼兰牌贵腐酒。
再经库尔勒，穿越塔克拉玛干，
拎上两袋疏勒国的巴旦木，奔赴白沙湖。
别着急，先看看克州冰川，
《玛纳斯》的勇士正在山顶拉爆米雪花机。
快到了，快到了，盖孜河已隐入风声了，
接着是中巴边境小市场，接着是塔合曼。
我收拢飞毯，慢慢走过
萨热拉村口的胡杨林夹道，
啊，熟悉的奶茶味又飘过来。

有一双蓝水晶眼睛的小女孩阿拉，

正睡在慕士塔格峰下

温暖的塔吉克毡房里，

长长的睫毛，像贴在脸上的两弯月牙。

嘘，别惊醒她——

现在，人类首支外太空旅行团，

请暂停出发，等着她长大。

2021-10-17 北京

# 塔什库尔干河

不与天空争，也不同大海抢

在世界的高处，它区别出了

——塔什库尔干蓝

蓝啊，不愧对"蓝"的命名

让一切和蓝有关的词，都不禁怀疑起

自己的本体

蓝啊，蓝得与蓝相互称颂

蓝得令自在更自在，尽情更尽情


一蓝到底

从克克吐鲁克蓝至塔县

从阿克陶蓝入叶尔羌河

从牛羊的家园蓝去骆驼的谷地

从瓦罕走廊蓝往中巴友谊路

从拉齐尼·巴依卡的哨卡蓝向红其拉甫

从初次睁眼的啼哭，蓝遍夕阳下麻扎静穆

蓝到忘了自身是蓝的

蓝尽塔吉克人的一生

2021-10-14 北京

# 第一次的离别

红裙子小女孩凯丽比努尔

终于踏上塞满家具和行李的面包车

面对豁然剪开的人生路

趴在后窗回望

男孩艾萨那张

亲密如月色，却越来越模糊的脸庞


他们曾一起喂养的羊羔正在长大

来年春天，并肩坐过的胡杨树又会爆开嫩芽

别了，飞翔着白鸽与情歌的棉花田

别了，初雪后

恢宏着晨光之蜜意的沙雅大地

2021-10-16 北京

## 霍加木阿勒迪村的搪瓷壶

它想：我要用尽今生的抒情

留住此地落日之壮美


来吧！旋转的火，新榨的橙汁

为晚霞镶边的

丝绸做的金

岩石、沙土、喀什噶尔深巷里

繁茂的无花果、石榴……

纷纷赶来，为它的理想贡献出纯粹的色彩


它想：不必用佩斯利花纹

也无须卷草或蔷薇

只要几个大大方方的菱形

足以表达我要说的一切


多年以后，这把搪瓷壶

摆在了一个三口之家小饭馆的餐桌中央

小饭馆在霍加木阿勒迪村的车站旁

霍加木阿勒迪村在吐鲁番盆地的三堡乡

2019 年初夏，我们驱车

穿过天山下无数的村庄

途经的美与友谊

都定格在盛满热奶茶的搪瓷壶上

2021-10-16 北京

# 帕米尔高原

太大了，足以让人从晨曦走到黑夜
从心惶走到心酸，再走到
语言的空地

太久了，只剩下风，一刀又一刀
凿成脊骨壁立

在这里，永恒的王冠只留下灰斑
玫瑰和羊皮书，不配坐拥妩媚的庄园

人才是高原的雄鹰
没有谁不是在劳动中
用结实和痛，回答悲欣一生

还有什么可说——
说他们偶尔也会
闭上眼睛，鹰一般翱翔

幻想酷寒之上

仍有至高的清新

2021-10-14 北京

# 那女孩的星空

整个夜晚，我们在萨热拉村的旷野中看星星：

报幕的是金星，

为它做烤馕的是木星；

很快，银河挥洒开晶钻腰带，

北斗七星舀着新挤的阿富汗牛奶；

猎户和双鱼躲起了猫猫，

天琴座拨响巴朗孜库木。

另一个半球的南十字星耳朵尖，也听得痒痒的，

只好在赤道那头呼唤知音。

十岁的阿拉说："今晚我好开心。

等我长大了，能不能当个宇航员？"

——她瞳孔的荧屏上，一颗滑音般的流星

正穿过天空的琴弦。所有混浊的事物

都在冷蓝的呼吸里沉淀。

后来，塔吉克族人跳累了鹰舞，按亮小屋的彩灯。

魔幻世界倏然隐去，

而某种奇光，已在万星流萤时照进我们心底。

2021-10-10 北京

121

第三辑 孤独图书馆

GUDUTUSHUGUAN

## 海滨故人

我们朝回澜阁走去。

栈桥下，劳动者从灰玻璃中掏出海的女儿；

艺术家驯服石块，将它们垒成

袖手神佛。

迎着人群的曲径，你说到悲泣的庐隐；

无法再往前了，只有海鸥能抵达

人类度不去的境地。

关于白日梦、吊床和酒杯，那些使我们狂野又冰冷、

颤抖并尴尬的毳羽，

从未背叛时间的馈赠。

也许百年前我们就活过一次，

并曾以耐冬的芒姿燃烧一生。

而今天，海浪正被风驱赶至礁石的领地，

波纹反向，像一条条玄色脊梁，

用不可阻挡之速持续后退。

2020-11-19 北京

125

## 访刘基故里

刘伯温早就预知到
六百多年后的今天
我站在这里，扬起头
迎向大厅内汹涌的暗光

他知道我的彩霞注定要诡谲地翻腾
晚钟不断消逝
我远离群鸦和它们
新染的毛色

他也知道我终将走近文字的秘密
尽管我已不再轻易为永恒泪涌
任它在我骨骼中栽花、扫雪
做一位寻常老邻居
身为读书人
我有底气在时光里慢慢变老

2017-5-7 北京

# 开平碉楼里的女人像

鹅黄色灯笼袖洋衫，水蓝色搭扣皮鞋，

鬓边斜插过一支荷花发簪。

胭脂当然少不了，

寂寞的红，只有我能诠释。

书房里已布好静物：

蕾丝桌布、马来锡果碟、鎏金咖啡壶。

我理顺裙带，坐在木椅前，

模拟陪嫁带来的青花瓷瓶，

面对镜头，从容地摆拍惜别之情。


昨夜入洞房，今日合影，明早他下南洋。

这是我的命。

命迈着猫步一寸寸蹴来时，

我嗅到脉脉温情里，杀人心性的毒。

"杨小姐，你刺绣作诗、鼓琴对弈的佳期逝去了。

从今往后，你是一个人的妻子。

你要服从无影手的改造，从头到脚贤良淑德。

不可任性，不可让三角梅开到围墙外，

不可擅自想象与情郎私奔。"

我在心里嘲笑这道圣旨，若我大声说"不"，
它会当场捆绑我，为我量刑。
为了更大的自由，我用上齿咬住颤抖的下唇，
说"好""我愿意"。
所有人都很满意，将旋在我眼里的泉，
进行了正统的误读。

出阁前，我的私塾先生敬老夫子说过，
要学会蔑视。
此刻，从西洋照相机吐出的光里，
我已寻不见蔑视的对象。
流离涂炭的南洋不能为我巩固道德正确性，
流奶与蜜的南洋也带不来幸福。
我必须独自去追寻那道行在海上的光，
这一生，我为它而来，也随它而去；
我在它里面靠岸。其间看过和演过的戏，皆可忽略不计。
那么今夜，我会为陌生的新郎官，
做一碗红豆沙，以纪念我们浮生的交集。
想到这些，快门声响起时，我的梨涡就转动了。
我越笑越动人，还看到百年后，
从云南来的年轻女游客。
她站在开平碉楼的照片墙前，

捻着命里同样的刺藤，敞开肉身让我的目光洞穿，

而我的笑已回答了一切。

2017-1-29—2017-2-6 河北阜平

## 清水营遐思

黄昏，清水营最优秀的诗人在饮酒

他的钥匙在枕下，弓箭在墙上

跳胡旋舞的女友

在交河，高昌，楼兰，或更远的地方

门外，异乡人牵着马匹和骆驼来去

移过边墙的光，把他屋内夏凉

染出半旧的辉煌

五十年一百年，一千年一万年

他就这样以独酌的姿势

定格于我思想的某次酩酊

太聪明所以无路可走的诗人啊

他知道具体的今天将在未来变成冷漠的抽象

远东的铜镜，红茶，笔砚

西域的扬琴，胡椒，雪莲

南方的肉蔻，冰片，团扇

漠北的奶壶，香盒，马鞍

营城中一切美丽，都会被卷入时光垃圾站

而他以寂寞熬制出的诗篇

带给他虚名、自负与幻觉的代表作

在西夏瓷窑的碎瓷锦上，只是一块刮丝的瓷片

物消失之处，即尘世的尽头，或语言的开端

他曾在这由砖垣、角台、瓮城和烽堠包裹的清水营里

以自身的有限去对抗永不失败的无限

他曾在绝望中生活，也因此成为

小范围诗人的缩影

那时风沙尚未雕塑世界，唯马蔺恣肆，令沉默心慌

他已洞悉必然的痛苦

并将这命运的公约数放进壮阔的紫色，让我看见

2020-11-11 北京

## 孤独星球

最后一小时 我们听遍了上世纪

深蓝指纹的民谣

摁灭宽丘雪茄 拉起 ELLE 牌波普行李箱

走进真空幽邃处的黄金长廊

天还没亮 地球于亿万光年外

做着绝版旧梦

我体内地热 还在轻喷龙舌兰的岩浆

真寂静啊清晨的太空旅行

时间在我们脚后跟打结

廊灯在我们头顶咬出一块

待阐释的缺

亲爱的我们去哪里

风很凉了 手心滚烫

快用你的吻接住我下坠的流星

让我的留恋僭越清秋的汹涌如华尔兹般闭眼飞旋

2022-8-14 山西永和县至吉县 初稿

2022-8-17 北京 定稿

## 花城女警

她身上有金沙江与马力协作的秩序
当她敬礼时，一朵南方睡莲合拢在掌心
而她握笔时，两手的商榷
从空气的镜面圈出深水池
泊在池岸的羽毛船，张开纤维微皱
剔透。风，吹过小叶榕和番石榴

何等充盈，那静默的神情
有时坚定，有时摇铃，有时用山泉
冲泡苦丁茶，有时穿着沉思的花裙骑行
旋绕于气息的，是眉梢远烟
瞳孔藏着清晨的树林
何等丰饶，靛蓝的人群中，她独占
一抹深玫瑰的秋意

2021-3-30 北京

133

## 游德清新市古镇，见古代防火墙

在房屋的头顶骑得太久，它感到

蓝天已丧失应有的神秘。

它想要一双绿色的腿，像那些会飞的植物一样，

风起时奔跑；秋天来了，就在原野上跳舞。

真的，只要一双腿就行，

它就能击破内心的虚弱，获得另一重生命。

熟练驾驭着高度的日常里，它隐隐担心

体内豢养的防火材质，

会病变，对抗，坍塌，最终一无是处。

而我的担忧是另一种：

我急于洞穿它幽深的骨骼，

挤进下一座迷宫。

2017-11-12 浙江德清

## 孤独图书馆

字与字靠在一起
彼此摩擦的玻璃盔甲，如渐冷的兵器
遮住骨架、血管，和
失语之后，细雨般流畅的长叹

合上一半的书，像个矮下身子的"人"
投影到酩酊的白墙上
字们，在离心力中跳跃，偏旁变形
语境亘古不变

光，将一点点的痛
一点点地编织进
暖色的基因
海水装下天空
一个人的空
万物之空

当孤独遇见沙滩
从童话里越狱的美人鱼

135

正背对着阑珊灯火

拼命地，想将自己的身体

从绣满莹鳞的尾巴里甩出来

2015-8-30 云南昭通

# 一个男人和他的倒影

　　——游常德司马楼，见刘禹锡塑像


省略修辞，现在的风约等于那时；
削去岸上的摩天轮、竞相长高的楼房；
抹除汽笛声。别忘了，再擦掉身后这栋
为他盖棺定论的司马楼。


他凭水远眺。想用视线咬紧
遁身在烟渚之外的空白。
为它，他付出半生的失意：
淹蹇，哭，醉，仰天长啸。
他已经承认，即使用宗教的虔诚
以清净的双手研墨提笔，也无法
将这种空白，还原并控制在
纸做的方寸间。


晚霞点燃了半边天。片片金鳞跃出湖面，
搂住下沉的暮色。
这南方的水，委身于恬静的坡度，
运转柔美的力，一点点销蚀他对不朽的妄想。

朗州已入秋，洛阳繁华转头空，

乌衣巷口，再不闻旧时丝竹。

真的，不止一次，他想纵身一跃，

与那种空白勾结，成为它

暴力的一部分；他想反转自己的消化系统，

饮血如饮美酒，磨骨如浣衣。


但他深知，站比跃更难。

当一个人站着时，要保持

长久的平衡，才能坦然面对

天地间的鬼神。还必须为自己的倒影寻找

稳固的支点。水中的另一半，

早已将凌云的抱负、方块字的丰功，

进行了虚化处理。它参与对他的重构，

给他喂下

同销万古愁的迷药。


与倒影站成一条无缝的直线，不代表

就获得解脱。这一生，

真世界焚琴，假世界煮鹤，他不敢猜想

走到尽头，但见落梅肃杀，沾满衣襟。

如此反复的折磨，

在他心里，绕成迂回小径。

绕到死结，只有流水，

能翻覆星空，能抗衡空白，

同时也带走他的皮囊、撑得太久的

倒影。


千年后的这个夏日，我来到他身旁，

将我们的倒影叠在一起。阳光捭走岚霭，

水面如镜。高楼拔节之处，现代城市再次强调

绝对的合法性。

他，或者我，我们静静地凝视

那空白，

那永恒。

有叹息从湖上展翅飞过，

我们绷直身体，等候时光的审判。


2016-8-15 云南昭通

# 南宁：莉思

等到明秀东路饮尽又一日夕晖

琴叶榕从云端飘落

等到从太平洋跑来的台风在绿城

灰了又白

你，紧闭的木槿

一抹红，怀抱你十一月的梦


听说在遥远国度

女人会涌上街头泼水跳舞

扭动身上最细软的段落

她们喜欢果子酒，喜欢咧开嘴笑

喜欢在街头循环播放镀金的爵士唱片

她们爱上谁，就跟谁走


我也想从风萧萧的秀英港，乘坐一艘夜航轮船

经过雨冷冷的海安，回南宁重访你的老校园

我会说服你提上行李箱

和我去任何温暖的地方

去琅勃拉邦，去金边，去漾着星纹的年轻海岸

140

离开前，别忘了看看

绣满爬山虎的墙，是否已冬眠

洗亮你的双眸盼望我

穿上你的长裙迎接我

2013-11-11 海南海口 初稿

2022-8-20 北京 定稿

# 故 乡

那一刻独属于你：
你翘起指尖，一点点揭开天空的金箔纸，
抿到黄昏刚出笼的草莓心。
之后，整个夏季被加封透明的唇印，
广播唱词击中另外的少年，
护城河畔荒草淋漓，鸽群飞进了时光的抽屉。

总会有时因自由而苍茫，
总会有时因辽阔而悲伤。
总会有时，北方冬夜的琴套抖不出一颗星星，
那一刻就涌来，轻敲梦之门。
河山万里，轻舟如梭，
你手持钻杖回归襁褓。

2018-1-19 北京

# 灯　塔

这艘白色的，从海口秀英港
开往广东海安的轮船，装下了你
辉煌的星空。你独自凭栏而依，呼吸南海上
腥咸的风。这些年，云南、广西、海南……
你离家越来越远，这种味道，也由陌生
渐渐变亲近，像你体内的亲人。

海浪轻摇，莫测的讯号将你打开，
你迎接这无私的馈赠。你明白，有些东西
远远高于岸上
令人心安的花花世界。因为岸，
并不是尽头。
这一路，你要靠着若有若无的光，选择信任，
选择归属，并依然赞美
宽阔的风险。

你可以往任何地方去。

在深海里，你看见一个蔚蓝的宇宙。

2016-11-26 陕西西安

# 郑和：刘家港独白

这些年，从红土高原到刘家港

我用双脚丈量的险峰不可数

阅过的春色不可数

刀剑、霜雪不可数

只要跨出家门，我就预备好赴死的决心

不侥幸于任何退路

方能通向更多的大路


若是未曾离开斑斓的云之南

我会以为一眼望到头的平淡，就是最大的幸福

但感谢大海，它给我另一种艰辛的幸福

它激发我未知的潜能

让我与无数个陌生的自己

在陌生的风景中相遇

为此，我感到欣喜，又有些许羞愧

对于海，我并不能回报它什么


现在，站在整装待发的船头

船旗舞动的声音，用一致的节奏与浪花隔空握手

我将再次投身于海的诱惑

世界的新鲜与庄严，在我内心震响

同时震动着的，还有一种想哭的感觉

一切的孤独与荣耀啊，都无法对世人言说

但千百年后，你一定能看到我

成为汉语里一枚闪亮的词

成为一个新的源头

成为海的自由的一部分

2018-9-17 湖北武汉

# 锡　绣

豆蔻和婚床，是她隐于绢面的内心景观

真丝，加固欢喜的心结、霜雪的绝望

一引，一刺，一拉

她盖住中年的赘疣

剪断日记里的省略号

当春韭满院送香

她让鲥鱼游过瓷碟的光条

明朝推门，巷口再逢陌生男子

那一步无声的踟蹰

也凝聚在针尖上

她用大浪下的耐心，把时间分解为针脚

再造一个繁盛的序列

"我不是艺术家，我只是工匠"

话音未落

她又陷入那种重复，与寂寞对位

眼光追随手中针线游啊游

忘了是否一定要

在这世上留下点什么

2017-5-15 北京

## 一蓑烟雨任泉州

我承认，我对鲤城的爱情，
还停留在青春期。从小
我就被教导
要信奉纸上的价值。
我渴望永恒，也为之警惕。
便是滚烫的两心相印时，我也会扔开伞，
在西街潮湿的纸灯笼下一步一步
慢慢走，将凉薄的山泉
压进眼底。

但今年的雨水已不容我
在中立里生存；在刺桐似火的鲤城，
加冕美梦的辩证。
为何我的热爱，竟分解为无边的倦怠？
四百年前，我的未婚夫辞别鲤城，
宦游神州，上北京，下云南，著书讲学。
多年后，为着他断送在剃发刀下的壮志，
我在有限的文字里，骤添险峭一笔。
又为着这一笔，我决计开始更漫长的行程。

我会在一个细雨的清晨离开，

不待胭脂巷的面线糊老店开门。

不待去开元寺求平安，

不待清扫七子戏繁花深处

零落的飞絮。

2017-1-29—2017-2-6 河北阜平

# 过丹噶尔，偶遇昌耀纪念馆

这是最后的城，荒原的开端。时间
在这里发出小号的尾声
汉语在这里走到终点

我也走着，通向
一个久别的原点。仿佛走回到
旧日的小学，墙上的招贴画斑驳而顽强
墙根处，野花从未枯萎。涓滴
涌动从北冰洋传来，随潮涨起又湮没于
潮。该走的人早走了，戏楼铺着寂静的灰
黄金的诗句和锋利的标语仍在
同一空间共存

走到他面前停下，我指尖一凉，感觉到
那个孤独的灵魂消耗了太多的沉默抵消永恒
他曾经绝望，也曾在空气中牧养
不可能的白羊
而现在，雨落下来，针尖无穷尽
被针尖一点点扎着的大地无穷尽

151

天空无穷尽

我的四面八方无穷尽

所有的无穷尽中

只有短暂的事物闪烁着微光

2018-10-29 北京

## 交河来信

"全球变暖，冰川融化"

一千年后，总算有人开始忧虑

这些看似缥缈的大事

那时，我的城早已用荒芜回应

魔镜里的繁华

当然，这并不妨碍它此刻

躺卧在亚儿乃孜沟

甘甜的胸口

今年的阳光中了头彩，屋后的桑树又长出

多余的新枝

后院太拥挤，我打算在黄昏时卖掉

她留下的骆驼

以此换来足月的酒钱

朋友，长安博物馆馆长带走了我的琵琶

绿洲那边，龟兹乐舞还漫游在老路上

你离开交河的日子

我迎着白葡萄的光晕

写下 a 小调的诗句

2021-10-15 北京

# 高昌回信

"用时间的眼光看时间，

人人都是预言家。"

搬来高昌的一年，我才渐渐悟出

这个道理。

展眼入了秋，从萨珊王朝飞来的黄脚银鸥，

还不会辨认

新语言的头韵。

但我已知：这座城的毁坏，

就藏在摊开的塔罗牌中。


昨日，我在家门口碰到一位

千年后的想象。

它告诉我："未来的高昌，

是一片只有风

才能穷尽的废墟。"

那时，游客站在我居住的街衢，想象

消失的酒肆和驿馆，

瓷器店货架上的白马摆件……

还有那辆插满朱顶红的婚车，

155

咣当穿过午后的闹市。

友人，在永恒布下的迷局里，
凡夫怎能找到解药？
大多数的诗都不会留下；
而后世专家们费心破译的，
不过是统治者的一道诏谕。
友人，饮酒吧，饮酒！
请善待今天的一切——
别忘了热爱我们的姑娘，
歌唱我们的母亲
种下的沙枣。

2021-10-15 北京

# 大辛庄甲骨文秘史

微风把高高低低的树叶翻出两种颜色，
这片林子和我的心，都浸入充实的静谧。
星空冒着钻石的气泡，如黄河奔涌
无止；闪烁的光点，
流遍了我的身体。

一个声音在我头顶说：
"赞美吧！我特许你为这些事物命名。
请把它们留在龟甲上，
用深深的刻痕证明：
此时永存。"

我的眼被一种明亮的洗涤剂打湿，
青春驾着四轮马车归来，
在我骨缝间，种下稻麦、果蔬和青草。
这是家园：
清晨起来，厨房里有食物，水缸里有水；
孩子们为游戏发生争执，不多一会儿就和好；
母亲精心饲养的家畜，从不为饥饿懊恼；

当大雁又要结队追寻更远的南方，
她就在田野上收割，高声歌唱。

……
我一生都不愿放弃这样的想象。
我爱这疼痛的世界，
尽管它总在用繁复掩盖谎言，
挑战不义的极限；
它制造黎明前的逼迫，
令我们抽搐。
但是赞美吧，赞美！
我终于能在死之前，将热爱的一切赋形，
让内心的景象脱胎成手中的符号，
它们必有江河之壮阔、大山之脊梁。
它们一诞生，就必不废去，
还将繁衍出众多健美生动的子孙，
安慰一代又一代
高贵的灵魂。

千万年后，你站在这片龟甲前，
也会听到
曾经启示我的声音。

2018-8-2 北京

158

# 丙辰中秋的礼物

音乐的碎潮从四方上下抱紧大厅，

流芳华人世界的女声，用清幽涟漪演绎《水调歌头》：

"我欲乘风归去，又恐琼楼玉宇……"

是谁往我心房灌了一壶酒，

我看见了那个人搁浅在诗外的月白，

他曾将无限恨撒出珠光的抛物线；

在摇曳的蟾影侧面，他狂歌舞袖，跌坐，复起，书写，

从泪中孕育出笑，辅佐美善的祝愿。

那是很久很久以前的事了——

公元 1076 年中秋节后，他赠给世人一件永恒的礼物。

直到公元 2015 年，

我才在一个神奇的瞬间真正靠近了他，

并被一种无声的孤独狠狠笼住——

它实在是太漫长，太寂寞了，一逮到我

便发起狠来，浸透我，占领我，拥有我。

阒静的午后，我就这样，捧着他的礼物，

独坐在郏县三苏祠的屋内，

内心火热又微凉，充满无限的苍阔。

门外，淡黄的叶子一片片擦过院落，

新来的秋意逆着风，已浮出最初的颤抖。

2020-9-12 北京

# 小　镇

## 片　头

过了崭新的汉白玉大桥

才是姑姑的居所

机关家属楼，浅灰，矜重

屋后黄葛树已有些春秋

趴在廊栏上俯瞰对岸

热浪滚滚，追扑街市的脚跟

但你听不到那边的动静——

仿佛真空的麻布口袋

在上帝耳边一抖

移动着的景象就消了音

## 第一卷

### 一

面包车钻隧道，穿峡谷

片片山岭裁去休止符

销售员、民办教师、打工仔、小媳妇

在急转弯中屏息，护住

微表情的面具

我十四岁，二姑家的表姐十七岁

前方小镇上，三姑已替我们铺开

暑假的凉席


路陡显远，怀表声声慢

一颗颗草莓汗

占领了表姐蒜瓣似的鼻头

我大脑的后花园，一直在播叶蓓的唱片

《纯真年代》的《蒲公英》《青春无悔》

副歌里，蝴蝶飞走

花丛间，照下同桌男生的手写签名

白鹅，沙尘，露天电影院

拥吻的镜头尚未放映，暮晚的舞鞋已朝车站靠近


二

每天，姑姑用竹篮拎回带泥的蔬菜

番茄，黄瓜，尾穗苋

露水在它们肌肤上擦拭薄而亮的窗

未谙大世面的植物

唯一的嫁妆，就是这些古老王朝的珍珠


小镇居民牢记祖训，三餐一如生老病死

按时进行

饭点一到，在每个有家的角落

油烟齐响，姜葱爆香

青花瓷托起一道道绮色


三

小镇的时间

一天有两次睡眠

一天有三个世界


午后枕畔，墨绿色风扇片

又将五线谱上的蝉鸣

旋进海螺里的小森林


每个深夜，火车从红木妆奁驶来

给梦的铁轨扔下一个

紧闭的邮包

有几次我从轰隆声里睁眼

瞥见包上的金属扣

在百叶窗的影带中一闪


一定有人给我写过一封信

在开往小镇的马车上遗失

至今我还没读到它

四

天星，旧称河东，高山峡谷中

一块小棋盘

咸丰九年，李永和、蓝朝鼎在此拜旗

入川，越鄂，旌麾扫过陕甘

多年后，牛皮寨的号角早被风搅散

马帮来了又去，"民生牌"汽车挺进石板街

新的印刷术里，"李蓝起义"取代了"李乱"

堆满建筑砂石的路边，红领巾还在玩

"太平天国"游戏

一张张换牙的嘴，蹦出

"红旗绕绕白旗翻，李短鞑靼反四川"

最小的一位，还没站稳就"咕咚"一跃

反帮皮鞋不知轻重，蹭花了粉笔画的方格

五

过桥到集市，有商铺、学校、饭店、KTV

赶场三天一次

交易粮食、烟丝、西双版纳运来的鲜荔枝

漫长的下午，茶馆最宜消暑

摆古老者轻摇蒲扇，楚霸王跮踷拔剑

寒光出鞘

满堂阒寂，青碧半盏凉却

164

像是每个小地方的约定

此地亦有一位穿绣花鞋的老小姐

她终身未嫁，不知从何处习得

穿梭时空的秘技

她曾把拐枣酒喷在濒死者脸上

将他从迷途的远行中拉回

当思想危险的女青年走进她卧房

她正为烟杆的玳瑁嘴涂抹海国的香料

"回去吧，"背对肚脐上打环的娇娥，她说

"忘记他，剪短头发。

两月不许见人，未来可期。

等你手心的朱砂痣消褪后，

吃的是铁饭碗，穿的是公家衣。"


#### 六

海马角、春天坪、幸福洞、天堂坝

越小的地名，美得越坦率

别处一定有它们的镜像

在我翘望的安第斯山，在炼金术士的荒原


还有凉风坳，姑姑常年下乡的驻地

清王朝朽坏的前夜，金发传教士跋涉到这里

他微倦的双眼，飘荡着大西洋的雾霭

被一种悲喜交加的力量牵引，苗人们

看见无边的蔚蓝。

从未有过的饿

从舌尖到魂魄，撼动他们的身体

迫使他们俯伏，仰头泣告


百年后，姑姑来到此地

当年的教堂已是一片废墟

又是一年一度的花山节

苗人们吹起芦笙，跳起斗脚舞

在他们脚下，瓦砾缝中

正钻出新的草苗


## 第二卷

### 一

只有傻女人才会深爱失败的英雄

诗人才会珍视

被世人轻贱的永恒

二十年后

我方知自己的命定

供着一只寂寞浊酒杯


但那时，我才十四岁

还没有人性之恶，向我递来如今这些

凌厉的风刀，沁凉的霜剑

黄昏我走在小镇的铁轨上

落日是空世界唯一的形状

我无端烦恼却不知它从何来

更不知它乃人生万千青丝中

最轻的一根

乘着轻我的薄荷衬衫被夏的风机吹得鼓胀如帆

万籁似铎舌静候盛大合唱团

飞呀，桑葚色的天穹

别痴等少女的蒲公英为你撑起

碎玻璃织成的灯笼


　　　　二

不走铁轨时，我们也从另一头

走更远的路，到洛泽河边

在小镇，所谓河

就是每年都会淹死几个人

不过这从未影响人们消遣

游泳，捕捞，划船……

失去爱情的后生，在河滩上狂奔

买不起充气艇的，就用汽车轮胎玩漂流

坐在黑色橡胶上，一双双裸露的腿

宛如一根根洗净的茭白

这河从高处奔下，涌入谷底

吼声有如飞机的轰鸣

我疑心天上打鼓的小神

被放逐人间

不，他或是厌倦了不朽，任性逃离

却误入自然的冷宫，终究意难平

三

站在河边，人就会想生死，想时间

灵魂的猫爪，就会挠扯一团团凌乱的麻线

天幕渐暗，黑色轮胎越漂越远

恍如迷失在太空中的行星环

最后，那圆圈也不见了

整个寰宇只剩下算法无边

四

洛泽河的鹅卵石，潮红，不安

众神喧哗的时代

叛逆女神曾在这定情物上

描下慌乱的笔画

成就了它们今日的翩然雯华

可表姐不捡好看的石子

有一天，她径直朝河中央走去

168

水漫过她的脚，又淹过她的腰

我高声呼喊，她并不应答

只是用双臂划开水流

左右开弓的波纹，在逆光下激荡着黑金属的音浪


刹那间，我以为她不愿再回来

预备向湍流，索要一个答案

惊惶来得太突然

我想起她生活中沉默的冰川

那么多冰川，压在她十七岁的肩头

构成她早年最基本的叙述

她对我说过冷吗？没有

对下岗的母亲说过冷吗？没有

对过早失去的梦想说过冷吗？没有

对无法解释的命运隐喻说过冷吗？没有

豪门千金不必绽放，就能收到赞美的玫瑰

而百姓永不会给亏欠的长女

一束朴素的洋甘菊


那是表姐师范毕业前的最后一个暑假

也是中专不再包分配的第一年

为此她勤练试讲，一遍遍做 PPT

但求职的真理从来是：幸运总少于需要它的人

她还将吞下数年的苦，才会够到一勺蜂蜜

169

那天，她游到对岸，便懂事地回转

披着暴雨后的彩虹站到我面前

接过我手中的石头，说：

"我听到了水牛的叫声。

河那边，有一棵树，结满盛夏的橘灯。"

五

暑期将尽，我们每天都收拾一点行李

计划寒假再来

（人总是很久后才醒悟

大多数缘分，仅仅是一生一次）

傍晚我们照例去散步

火车站空着，雪白站牌下燃烧着残阳般的野葵

往南，三块钱到昭通，1936 年的机场，能带你去远方

往北，两块钱到宜宾，数不尽蜀地锦绣、燃面、五粮液

但在此地，只剩无尽暖风，无尽浓稠

一定有人在这里期待过，虚构过

沿着铁轨的长辫，假装离开又走了回来

六

再次见到同桌男生时

积攒了一夏的颜料

竟在几秒间褪色

九月一日，气温骤降，晴转阴

170

在久违的课堂，我隐约料到

我会在另一条冷清的轨带上

做一生的蝴蝶梦

至于表姐期待的火车，还将在无理的闲局中

绕完她大半个青春


## 第三卷


一

2002 年，千禧年与新世纪的二重奏

仍在时间的礼堂挥发余音

大数据还没把鲜活的个体

归纳成无差别的同时代人

迷笛才三岁，一些被看好的乐队会慢慢消失

另一些将在磨平棱角后

举着中年情怀牌迈向综艺

摇滚好像尚有希望，回头浪子却向

音乐杂志递交了辞职信

用西服遮好文身，奔赴新兴的影视传媒

几千公里外，闺蜜和我走在昭一中跑道上

决定放弃徒劳的暗恋

她含着泪咬着牙，风吹着她黄色的短裙：

"昭通太小了。我以后

一定要去澳大利亚。"

非典还没袭来，板蓝根尚未被膜拜

小镇的老街尽头，刚诞生一家孤零零的网吧

两百年往上，人们从广东、江西、湖南等地

捎来各自的乡音，糅制新的方言

他们的后人，也用这种话

表达子规或昏鸦

一声声暖热的尾调，还没掺进普通话的配比

再粗犷的人，也会同身边人

享受偎依的甜蜜

不跳广场舞，不打手游，不刷抖音

二

2002 年，老小姐最后一次在镇上露面

第一场雪化后，人们推开她虚掩的家门

旧手艺的绣花鞋，如两只返航的渡船

停泊在新世纪绮窗边

曾摆放蓍草、布偶和露华浓口红的抽屉

只留下一包金扇样的银杏叶

镇上已经无人知晓了——

十八岁生日，她曾在油画布上

栽下表哥冒着炮火寄来的银杏树苗

那时她还身着洋装，床畔堆满域外小说集

省城的邮局被炸毁后

她从书里抬头，泪痕晕开了谢馥春鸭蛋粉

"我要做镇上第一个不婚主义者，

用一生来证实另一种活法，

那将是孤独的，自足的，磅礴并喜悦。

我要用风景画中的林间小道，

重写'自由'一词的腰围。"

### 三

2002 年，脐环女青年的自我对峙

终于走向了白热化

她曾是全镇一致公认的乖乖女

上个乞巧节后，她竟发现周遭的全部

都值得怀疑

每个月的初一她都在收拾行李

十五，又把叠好的牛仔裤一条条翻乱

那天，与老小姐目光相接

她猛然察觉：世间已无任何权威能为她提供免费午餐

"我乃沧海行舟，想抓住别人的罗盘。

但，即使孤身漂流，

明天太阳升起，

我也将认出东方的位置。"

何消剪头发，管它留不留长

她走进镇上收费最高的"广州造型"

出来时，甩着满头脏辫

夜再次降临，她用不屑的手势夹着香烟

消极地瞥过沿途的街道、电影院、米线店

"女疯子！"玩"太平天国"的稚子们拍手笑


当合理的存在幻化出陌生，而不相干的陌生

成为心灵的近邻

只有她知道——

出走或留下，是她美丽睫毛上的问题

也是一代又一代小镇女人

终极的命题


四

2002 年，姑姑的白发在她头顶起义

她已无暇平息这场叛乱

再过一些日子，甲亢也会来碰瓷

她的首趟火车之旅，是去列车的终点站求医


这也是姑父牺牲后的第一年

除了唯一的女儿，姑姑在镇上

再无别的亲戚

春节，她死活不愿回娘家

家门一闭，无人得知

除夕夜的母女俩

是否看到了夜空骤落的银花


"大概属羊的命都不好吧。"
姑父被抬走后，姑姑从晕厥中醒来
盯视天花板一个世纪，只吐出这一句
在她晕倒前，我年幼的表妹
看到周身变形的父亲，哭声裂成尖锐的汽笛声
那时姑父已无法说话，最后两行泪
从他眼中淌下


这只是一个开端
更多的恐惧，以及附加的孤独
会继续攫紧表妹
——母亲下乡时，只能把她独自反锁在家
下一天，她就被锁一天
下两天，她就得等两天
下三天，她已吃完家中剩饭
啃饼干不要紧，最怕的是停电
很快，她已记不清父亲的模样
却习惯了走路时看着地面，与自己对话


那几年，姑姑成为地方电视台的常客
新闻里，她作为烈士家属
一次次接受领导慰问，表彰和献花

当她挎着结婚时买的小菜篮

和本地人站在一起，选购明亮的蔬果时

人们会认出这个外地女人

同她打招呼，点头，微笑

也有一些害羞的

远远地，用目光表达真诚的善意


直到回娘家时，她才不小心谈起：

"上个电视，怪难为情的。"

我也只是在某次新闻转镜时

瞥见她挂在队伍末尾的背影

她低着头，从怀抱的花束里腾出手

揉了揉眼睛


五

2002 年，表妹穿上新买的白纱裙

扎起红蝴蝶结，去照相馆拍下儿童节留影

她磕磕绊绊地学习汉语拼音

却有一段时间没听到苗语——

父亲去世后，她祖父只认酒一个朋友

常常醉卧路边

几年后，他在和酒的对话中摔下楼

终结了余生

她要强的祖母则被语言打败

不再对季节抒发情感，不再谈火热的革命岁月

更不对年轻人传授经验

缺席的牙齿绊倒了她的词

吹过乌蒙山的风雪，从她脸上掳走了神采


表妹还要过很多年才会明白椿草的含义

属羊的姑姑，先扛起了两个人的苦

总有好心人对姑姑说：

"趁年轻，再找个人嫁了吧！"

"快想办法调回城里，回到你父母身边。"

她的回答一概只有两句：

"不，孩子还小。"

"我在天星习惯了。"


这里，小镇，还在库布里克的"发现者号"中飞行

离时髦的元宇宙四万亿光年

青山无休，李蓝义军的殉葬处年年结银杏

洛泽河跌跌撞撞追寻金沙江

从金三角到云南，从鸦片到海洛因

毒品从不肯放弃一块领地

我曾在农科所的温室里凝视罂粟花

它美得理直气壮，恣肆着血一般的浓郁

我姑父就在这美的阴影下死去

又一颗渺小的流星，划过共和国的禁毒史

而这颗星，曾是一个边疆苗族家庭

光与热的核心

悲伤啊，请让表妹慢一点长大

她那么小，只在清明节，才会摸着青石烈士墓碑上

"三十四岁"的字样，呼吸着火炮炸开的硝粉

用困惑的语调小声说：

"爸爸，我来看你了。"


　　　　六

2002 年，双车道的汉白玉大桥

已成为小镇的新地标

河的另一头，那条使用了百余年的铁索桥

一天天卸下体内的紧张

如同坐在家门口的老人

目送越来越多的孩子们

背上行囊一去不回


雨后，红蜻蜓来探望铁索桥

与漂亮的同类相比，它更小一些

飞得也更纯朴些

那些被父母带去沿海城中村的孩子都知道

童话书封皮上，公主佩戴的水晶

大概率只是小作坊批量输出的

塑料仿制品

但对我八岁的表妹来说，闪亮的就是美的
她唯一的当下，就是这枚属于天空的
红宝石发夹

她使尽血管里苗人的力气，朝虚无的赤簪扑过去
桥像斜绕的天线剧烈地摇晃
跟在她身后的我，连打两个趔趄才抓到铁索
"你再跑，桥下一秒就会散架的！"我喊
然而并没有，桥在飞旋的同时稳稳托住了
苗族女孩娇小的身影
"追，"它在她耳边说，"请不顾一切地追
不顾一切地抓住
生命中微弱的闪亮。"

无须任何人解释，她听懂了桥的话
继续朝前方奔跑
奔跑
奔向成年人视线里绝望的临界点
她奔跑奔跑直到突然
停下来
在青灰转蓝的日光下，把一抹瑰绚的红举过头顶
"我抓到了它！"

179

## 片　尾

透过那道倔强的红，和它两侧微颤的金丝翼

我眼前群山还在桥的振幅中

甩动钴蓝色的宽袖

而地球的遥控器已在一瞬间

加速按下了暂停键

2022-5-1—2022-5-13 北京 初稿

2023-2-4 云南昭通 定稿